Detektivgeschichten
mit Pepe und Max

Das Rätsel der roten Tulpe

MIT GEHEIMSCHRIFT FOLIE

Eva Christian &
Martina Burghart-Vollhardt

W0354171

circon

© Circon Verlag GmbH
Baierbrunner Straße 27, 81379 München
Ausgabe 2020

Alle Rechte vorbehalten. Nachdruck, auch auszugsweise,
nur mit ausdrücklicher Genehmigung des Verlages gestattet.

Text: Eva Christian
Illustrationen: Martina Burghart-Vollhardt
Redaktion: Felicitas Szameit
Produktion: Ute Hausleiter
Titelabbildung: Martina Burghart-Vollhardt
Gestaltung: Roman Bold & Black, Köln
Umschlaggestaltung: Enrico Albisetti

ISBN 978-3-8174-2499-3
381742499/1

Besuchen Sie uns auf Instagram und Facebook: circonverlag

www.circonverlag.de

Kunst an der Schulhauswand

Pepe und Max warten auf den Beginn der Mathestunde um acht Uhr. Mathe gehört zu Pepes Lieblingsfächern. Er ist nämlich Detektiv. Für einen Detektiv ist es wichtig, dass er gut rechnen kann. Max ist auch Detektiv, aber Mathe mag er nicht so gern. Trotzdem strengt er sich immer an.

Frau Kramer kommt in die Klasse und begrüßt die Schüler. Sie ist die Lehrerin von Pepe und Max. Plötzlich geht die Tür auf und Jonas stürmt herein.
„Entschuldigung, Entschuldigung“, keucht er. Schnell setzt er sich auf seinen Platz.

In der Reihe neben Max meckert Jule: „Kann Jonas nicht pünktlich kommen? Er hat die halbe Mathestunde verpasst.“ Max findet das ungerecht. Jule ist auch nicht immer pünktlich. Außerdem hat sich Jonas gar nicht so viel verspätet.

Wie viele Minuten ist Jonas zu spät gekommen?

„Der Unterricht hat doch erst vor zehn Minuten begonnen“, zischt Max Jule zu. Da stupst Pepe ihn an. Max hat gar nicht gemerkt, dass Frau Kramer ihm eine Frage gestellt hat. Doch bevor Max etwas sagen kann, kommt ein Knacksen aus dem Lautsprecher.

„Hier spricht Rektor Willis“, tönt es aus dem Lautsprecher. „Es werden dringend Zeugen gesucht. Jemand hat an unser schönes Schulhaus eine große Blume gemalt. Wer hat etwas Verdächtiges gesehen? Bitte in der Pause bei mir melden.“

„Das klingt nach einem Fall für uns“, meint Pepe sofort.

In der Pause suchen Pepe und Max sofort den Tatort. An der Seite des Schulhauses hat jemand eine große rote Tulpe an die gelbe Hauswand gemalt.

„Sieht eigentlich ganz hübsch aus“, murmelt Max.

„Man darf aber nicht einfach an eine Hauswand malen“, meint Pepe.

Er macht ein angestrengtes Gesicht. Der Boden unter dem Bild ist ganz zertrampelt. „Hier finde ich keine Spuren“, brummt er. „Aber der Täter kann nicht weit sein. Das Bild wurde heute gemalt“, erklärt Max. „Komm, lass uns Rektor Willis suchen.“

Woher weiß Max, dass die Tulpe frisch gemalt wurde?

Max putzt sich mit einem Taschentuch die rote Farbe von den Fingern.

Da kommt Rektor Willis. „Habt ihr gesehen, wer das Schulhaus angemalt hat?“, fragt er sofort.

Pepe und Max schütteln die Köpfe.

Pepe erkundigt sich: „Hat sich jemand gemeldet, der etwas gesehen hat?“
Jetzt schüttelt Rektor Willis traurig den Kopf.
„Dann werden wir herausfinden, wer es war“, verspricht Pepe.

Der erste Verdächtige

In der zweiten Pause sprechen Pepe und Max über ihren neuen Fall. „Wir sind Detektive, wir finden den Täter sicher“, ist Pepe überzeugt.
„Aber wo sollen wir anfangen zu suchen?“, fragt sich Max. „Vor dem Unterricht war die Blume noch nicht da. Ich hätte sie sicher gesehen.“

„Ist Jonas nicht zu spät in die Klasse gekommen?“, überlegt Pepe. Er macht gleich eine Notiz auf seinem Block.
Max nickt eifrig: „Vielleicht hat er gesehen, wer der Täter ist. Wir müssen ihn befragen.“
„Vielleicht hat auch Jonas die Blume gemalt“, erklärt Pepe.

Warum glaubt Pepe, dass Jonas die Blume gemalt hat?

Vor dem Unterricht war die Blume nicht an der Wand. „Es kann nur ein Schüler gewesen sein, der zu spät gekommen ist“, glaubt Pepe.
Sofort suchen die beiden nach Jonas.

Jonas sitzt auf der anderen Seite des Schulhofes. Dort liest er ein Buch. Eigentlich liest Jonas fast immer und spielt fast nie mit anderen Kindern. Im Unterricht ist er sehr gut, aber er sagt wenig.

Jonas sieht ganz erschrocken aus, als Pepe und Max ihn ansprechen. „Wir wollen herausfinden, wer die Tulpe an die Schulwand gemalt hat“, erklärt Pepe. Max fragt sofort: „Warst du das?“ Entsetzt ruft Jonas: „Nein, das war ich nicht!“

„Du bist zu spät gekommen. Du hattest also Zeit, die Tulpe zu malen“, sagt Pepe. Jonas schüttelt den Kopf. „Ich habe gar nicht genug Geld, um mir so viel Farbe zu kaufen“, erklärt er.
Das glaubt Pepe sofort.

Warum glaubt Pepe, was Jonas sagt?

Jeder kann sehen, dass Jonas nicht viel Geld hat. Er trägt immer die alten Sachen seiner Geschwister und hat nur alte Bücher. Aber vielleicht hat er die Farben geschenkt bekommen?

„Wenn du es nicht warst, wieso bist du dann zu spät gekommen?“, will Pepe wissen.

Da gesteht Jonas: „Ich trage morgens Zeitungen aus. Meine Familie hat nicht viel Geld. Ich bekomme kein Taschengeld. Deshalb will ich selbst etwas verdienen. Und weil die Zeitungen nicht pünktlich geliefert wurden, war ich zu spät.“

Pepe und Max finden es toll, dass Jonas selbst Geld verdient. Aber leider hilft ihnen das nicht bei ihrem Fall.
Da fällt Jonas etwas ein: „Ich war aber nicht allein zu spät. Vor mir ist noch ein größeres Mädchen ins Schulhaus geschlüpft.“

Max fragt sofort: „Wie heißt sie? In welche Klasse geht sie? Wie sieht sie aus?“
Doch Jonas schüttelt den Kopf: „Ich kenne sie nicht. Sie hat lange braune Locken. Außerdem hatte sie ein weißes T-Shirt und eine blaue Hose an. Aber ich bin ganz sicher, dass sie in die vierte Klasse geht.“

Woher weiß Jonas, dass das Mädchen in die vierte Klasse geht?

Die Fahndung

Jonas ist ein guter Beobachter: Der Anhänger am Schulranzen bedeutet sicher, dass das gesuchte Mädchen in die vierte Klasse geht. Nach der Schule warten Pepe und Max, bis der Unterricht der älteren Schüler zu Ende ist.

Da geht die Tür auf und viele Schülerinnen und Schüler kommen heraus.

„Guck mal!“, ruft Pepe und zeigt auf ein langhaariges Mädchen.

Doch Max schüttelt den Kopf. „Die hat doch eine schwarze Bluse an“, sagt er. Das kann nicht die Täterin sein.

Dann kommen noch mehr Schüler aus dem Schulhaus. Vier von ihnen bleiben auf dem Gehweg stehen und unterhalten sich.
„Da sind ja gleich zwei Mädchen, die zu Jonas' Beschreibung passen", murmelt Max. „Welches ist jetzt das richtige?"

Dann verabschiedet sich eines der verdächtigen Mädchen und geht die Straße hinunter. Die anderen machen sich gemeinsam auf den Weg.
„Ich habe etwas entdeckt“, grinst Pepe.
„Lass uns der Gruppe folgen!“

Was hat Pepe entdeckt?

Der Farbe auf der Spur

Die Mädchen laufen zum Markplatz. Max will wissen, warum Pepe so sicher ist, dass sie dem richtigen Mädchen hinterherlaufen. „Hast du nicht die roten Flecken auf ihren Schuhen gesehen? Die passen genau zur Tulpe“, erklärt ihm sein Freund.
Da grübelt Max: „Ich glaube, ich habe auch etwas bemerkt: Aus dem Malblock hat etwas Rotes herausgeblitzt.“ Max ist stolz auf sich.

Eis Venezia
NEU

Mutig gehen Pepe und Max auf die drei Mädchen zu und stellen sie zur Rede.
„Gib zu, dass du die rote Tulpe an die Schulwand gemalt hast“, sagt Pepe und zeigt auf das braunhaarige Mädchen mit den Locken.
„Was will der von dir, Feli?“, fragt eine der Schülerinnen das Mädchen.

„Keine Ahnung“, antwortet Feli. Und zu Pepe sagt sie: „Verschwinde, Knirps!“ Doch Max lässt sich nicht einschüchtern: „So redet man nicht mit Detektiven! Kannst du nicht höflich sein?“

„Wir können beweisen, dass du die rote Tulpe an die Schulwand gemalt hast“, sagt Max.
Feli streitet alles ab: „Das war ich nicht.“
Doch Pepe behauptet fest: „Du bist zu spät zur Schule gekommen und hast rote Flecken auf den Schuhen. Das ist ein Beweis.“
Max fügt hinzu: „Außerdem hat Jonas dich genau beschrieben: mit braunen Locken, blauer Jeans und einem weißen T-Shirt mit Blumen drauf.“

Was hat Max falsch in Erinnerung?

Pepe stupst Max an: „Das mit den Blumen hat Jonas nicht gesagt.“

Doch da unterbricht ihn Feli wütend: „Wie könnt ihr nur so etwas behaupten? Ich war ganz pünktlich in der Schule. Und meine Schuhe haben keine Flecken.“

Ihre Freundinnen bestätigen sofort, dass Feli pünktlich war.

Dann zeigt Feli auf ihre Schuhe. „Die hat Sara mir zum Geburtstag geschenkt. Die Schuhe hat sie selbst für mich angemalt.“ Ist Feli etwa unschuldig? Da fällt Max ein, was er vorher entdeckt hatte.

An was erinnert sich Max?

Vor der Schule hatte Max gesehen, dass auf dem Block von Feli etwas Rotes gemalt war.

„Zeig mir deinen Block!“, fordert Max.

„Welchen Block? Und warum?“, will Feli wissen und sieht dabei ganz unschuldig aus.

Da schnappt sich Max den Malblock, der neben den Mädchen auf dem Boden liegt. „Hier ist der Beweis, dass du die Wand angemalt hast!“, ruft er laut und schlägt den Block auf.
Pepe staunt, als er auf dem Blatt genau die gleiche Tulpe sieht wie an der Schulwand.

Auf frischer Tat ertappt

„Gib den Malblock zurück!“, ruft Feli. Doch Max bringt sich mit dem Beweisstück erst einmal auf dem Brunnen in Sicherheit. „Pass auf, dass der Block nicht ins Wasser fällt! Der gehört mir nicht“, warnt das Mädchen.

Nun gucken Pepe und Max Feli verwundert an. Wem gehört der Block dann?

Da erklärt Feli: „Das ist der Block von Sara. Den habe ich mir ausgeliehen, weil ich ihre schönen Bilder abmalen will.“

Wer könnte Sara sein?

Jetzt überlegt Pepe: Vor der Schule waren ja zwei Mädchen, die sich ähnlich gesehen haben. Vielleicht ist Sara das Mädchen, das sich verabschiedet hat?

„Wie sieht Sara denn aus?“, will Pepe wissen. Max sieht sich inzwischen noch mehr Bilder auf dem Malblock an.

„Sara sieht fast aus wie Feli“, mischt sich eine von Felis Freundinnen ein. „Sie hat auch braune Locken und ist genauso groß.“ Plötzlich schreit Max laut auf: „Ich weiß, was Sara plant!“

Was hat Sara vor?

Jetzt müssen sich die Jungen beeilen. Sara hat vor, eine Palme an die Wand des Hauses zu malen. Das müssen die Detektive verhindern. Max sprintet voran, während Pepe ein wenig keuchend hinterherläuft.

„Stopp!“, ruft Max laut, als Sara schon anfangen will zu malen.
Schnell nimmt Max ihr den Pinsel weg. „Du kannst doch nicht einfach irgendwelche Häuser anmalen“, schimpft er mit dem älteren Mädchen.

Jetzt kommt auch Pepe gelaufen. Er atmet schwer, denn Rennen mag er gar nicht.
„Gib mir den Pinsel zurück“, protestiert Sara wütend. „Warum mischt ihr euch ein?“
„Wir sind Detektive“, erklärt Max. „Wir haben Rektor Willis versprochen herauszufinden, wer die Rose an das Schulhaus gemalt hat.“

Nun schaut Sara ein bisschen verwirrt aus. „Ich habe sicher keine Rose gemalt“, sagt sie bestimmt.

Worin hat sich Max geirrt?

„Das war eine Tulpe“, verbessert Pepe. „Und hier habe ich den Beweis, dass du sie gemalt hast.“ Pepe zeigt Sara ihren Block mit der Tulpe.

Da senkt das Mädchen geknickt den Kopf. „Warum machst du das denn?“, fragt Pepe Sara. „Du kannst wirklich sehr schön malen. Aber die Leute freuen sich gar nicht, wenn du das an ihren Häusern machst.“

Sara seufzt schwer. „Ich will doch Graffiti-Künstlerin werden. Dafür muss ich üben."
Sie erzählt Pepe und Max von den tollen Gemälden an Hauswänden, die sie im Urlaub in Berlin gesehen hat. So etwas möchte sie auch machen.

Pepe und Max können Sara überzeugen, ihren Plan mit der Palme aufzugeben. Das Mädchen erkennt, dass es einen Fehler gemacht hat. Deshalb gehen die beiden Detektive mir ihr zusammen zu Rektor Willis. Der Rektor ist stolz auf die Detektive, weil sie die Täterin gefunden haben.

„Sara, du weißt, dass das nicht richtig war“, sagt Rektor Willis streng. „Das musst du wiedergutmachen.“
Sara nickt. Sie erklärt, dass sie die Tulpe übermalen wird. Die Freunde Pepe und Max versprechen, ihr dabei zu helfen.

Ein paar Tage später ist das Schulhaus wieder ganz gelb. Da hat Rektor Willis eine Überraschung für Sara. Zusammen mit dem Mädchen und den beiden Detektiven geht er zum Holzzaun hinter der Schule.

„Der Zaun sieht gar nicht schön aus“, meint Rektor Willis. „Ich würde mich sehr freuen, wenn du ihn mit deinen Bildern verschönerst.“

Nun hat Sara ganz viel Platz für ihre Gemälde.